다시 쓰는 그리움의 기록

기억의 자리를 글로 남기는 한 권의 노트

다시 쓰는 그리움의 기록

기억의 자리를 글로 남기는 한 권의 노트

문영 엮음

**지나간 계절마다 당신이 있었고,
이 시들은 그때의 바람을 기억합니다.**

오랫동안 사랑받았던 세계의 시인들이 건넨 말들.
당신의 펜이 품어내는 시간을 가져 보세요.
시와 필사가 만나 당신만의 기억으로 채워집니다.

머리말

언제부터 우리는 내용물보다는 겉포장에 더 신경을 쓰고, 힘들고 어려운 진실을 대면하기보다는 회피하고, 조금이라도 쉬운 방법을 찾으려는 시대에 살고 있습니다.
짧은 거리도 걷기보다는 차를 타고, 직접 만들기보다는 돈을 주고 사고, 계단을 오르기보다는 에스컬레이터나 엘리베이터를 이용합니다.

그러나 변하지 않는 것이 있습니다.
사람의 마음입니다.

수백 년 전에도, 수천 년 전에도, 어느 시대를 살았던, 어떻게 살았던 사람의 마음만은 변하지 않았습니다.
그들의 마음은 고스란히 시에 남아 현재를 살아가고 있는 우리에게 사랑, 용기, 아픔, 위로, 용서 등 그들의 마음을 전달하고 있습니다.

이 시집은 우리가 잘 알고 있는 세계적으로 유명한 시인들의 작품으로 꾸며보았습니다. 다소 난해한 작품도 있고 모르는 시인의 작품도 있을 것입니다. 하지만 하루 한 편 아무 페이지나 열고 마음을 열어 보세요.
어느 순간 여러분의 마음속에 스며들어 기쁠 땐 같이 기뻐해 주고 슬플 땐 위로해 줄 것입니다.

시, 어렵지 않습니다.
여러분의 마음이 시입니다.

_엮은이 문영

차례

머리말 • 04

Part 01.
당신을 만나고 싶어요

당신을 사랑했어요 / A. 푸시킨 • 12

연인 곁에서 / 괴테 • 14

사랑, 모든 감각 속에서 지켜지는 / 토머스 아켐피스 • 16

서로에게 이야기해요 / 빅토르 위고 • 18

오, 사랑이여 / 프란시스 카르코 • 20

내 사랑아 / 윌리엄 버틀러 예이츠 • 22

그대는 얼음 / 스티븐 스펜더 • 24

사랑의 비밀 / 이반 투르게네프 • 26

진정으로 사랑한다는 것은 / 라스커 쉴러 • 28

지금 이 순간 / 피터 맥 윌리엄스 • 30

그대와 함께 있다면 / 로버트 번즈 • 32

그대를 사랑하기에 / 헤르만 헤세 • 34

연인에게로 가는 길 / 헤르만 헤세 • 36

그대는 / 너대니얼 호손 • 38

당신을 어떻게 사랑하느냐구요? / 엘리자베스 브라우닝 • 40

연인들 / 옥타비오 파스 • 42

내 눈을 감겨 주오 / 릴케 • 44

그대를 처음 본 순간 / 칼릴 지브란 • 46

밤에 오세요 / 라스커 쉴러 • 48

연인 / 폴 엘뤼아르 • 50

Part 02.

이제 당신만 생각할래요

6월이 오면 / 버트 브리지스 · 54

나는 이 모든 아름다운 것을 사랑합니다 / 로버트 브리지스 · 56

우리 둘이는 / 폴 엘뤼아르 · 58

감각 / A. 랭보 · 60

그대 빰을 내 빰에 / H. 하이네 · 62

선물 / 기욤 아폴리네르 · 64

점점 예뻐지는 당신 / 다카무라 고타로 · 66

그대 눈 푸르다 / 구스타보 A. 베케르 · 68

사랑의 노래 / 수잔 폴리스 슈츠 · 70

낙엽 / 예이츠 · 72

봄날은 가고 / 이청조 · 74

오월의 달 / 막스 다우텐다이 · 76

장미 / 엘리자베스 랑게서 · 78

Part 03.

추억은 그리움으로 남고

사랑의 종말 / 크리스티나 로제티 • 82

연인의 바위 / 롱펠로우 • 84

사랑의 슬픔 / 칼릴 무트란 • 86

이별 / 괴테 • 88

절 동정하지 말아요 / 에드나 밀레이 • 90

비파행 / 백거이 • 92

그날이 와도 / H. 하이네 • 94

마음의 교환 / 사무엘 테일러 콜리지 • 96

비 오는 날 / 롱펠로우 • 98

사랑이라는 달콤하고 위험천만한 얼굴 / 자크 프레베르 • 100

이별 / 랜더 • 102

구월 / 헤르만 헤세 • 104

잊은 것은 아니건만 / 사포 • 106

달밤 / 아이헨도르프 • 108

그대 없이는 / 헤르만 헤세 • 110

마리아의 노래 / 노발리스 • 112

이별 / 아흐마또바 • 114

송인(送人) / 정지상 • 116

추억 / 바이런 • 118

야행 / 아우구스트 슈트람 • 120

우리가 거니는 이 언덕엔 / 슈테판 게오르게 • 122

Part 04.

언젠가 우리 다시 만나면

극언(極言) / 에른스트 베르트람 · 126

어머님에게 / 조지 바커 · 128

길 / 윤동주 · 130

흐르는 물에 / 카를루스 · 132

귀거래사 / 도연명 · 134

사람에게 묻는다 / 휴틴 · 136

깃발을 꺼내라 / 에드거 A. 게스트 · 138

높은 곳을 향하여 / 로버트 브라우닝 · 140

진실하라 / 톨스토이 · 142

내 나이 스물하고 하나였을 때 / 알프레드 E. 하우스먼 · 144

에필로그 · 146

Part 01

당신을 만나고 싶어요

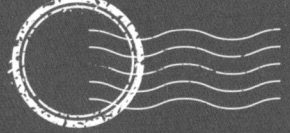

당신을 사랑했어요

✳ A. 푸시킨

당신을 사랑했어요.
그 사랑은 아직도
내 마음속에서 불타고 있네요.

하지만 내 사랑으로 인해
더 이상 당신을 괴롭히지는 않을게요.
슬퍼하는 당신의 모습을
절대 보고 싶지 않으니까요.

말없이,
그리고 희망도 없이
당신을 사랑했어요.

때론 두려워서,
때론 질투심에 괴로워하며
오로지 당신을 깊이 사랑했어요.

부디 다른 사람도
나처럼 당신을 사랑하길 기도할게요.

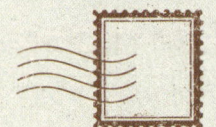

연인 곁에서

※ 괴테

태양이 바다의 수면 위를 비추면
나는 너를 생각한다.
희미한 달빛이 우물에 떠 있으면
나는 너를 생각한다.

먼 길 위에 먼지가 일어날 때
나는 너를 본다.
깊은 밤 좁은 오솔길에
방랑객이 비틀거리며 다가올 때
거기서 먹먹한 소리를 내며 파도가 일 때
나는 네 소리를 듣는다.
모든 것이 침묵에 빠질 때
조용한 숲 속으로 가서 나는 이따금
바람이 살랑거리는 소리를 듣는다.

나는 너와 함께 있다 너는 아직도 멀리 있다지만
내게는 무척 가깝구나.
태양이 지고 이어 별빛이 반짝인다.
아, 거기 네가 있다면.

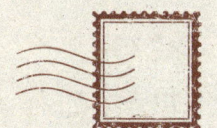

사랑,
모든 감각 속에서 지켜지는

❋ 토머스 아켐피스

사랑,
그 존재 하나만으로도 세상의 모든 짐을 가볍게 해주는
최상의 선

내 사랑을 지켜보네, 잠들 때까지
나 피곤하여도 지치지 않으며
불편할지언정 강요받진 않네.

사랑,
그것은 절실하고 부드럽고 강하며
충실하고 신중하고 오래 참으며 용감하네.

사랑은 용의주도하며 겸허하고
올바르며 지치지 않고
변덕스럽지 않고 헛되지 않으며
침착하고 순결하고 확고하고 조용하며
모든 감각 속에서 지켜진다네.

LOS ANGELES
USA
4 JUL 1944
CALIFORNIA

서로에게 이야기해요

❋ 빅토르 위고

사랑은 우리에게
우리들의 아주 작은 슬픔이나
하찮은 즐거움까지도
서로 이야기하게 합니다.

그렇게 서로 속마음을 터놓을 때
더할 나위 없이 절묘한 친밀감이 생긴답니다.
그것은 사랑의 권리이기도 하고
의미이기도 하답니다.

빅토르 위고 (1802~1885)
프랑스 소설가, 시인
대표작 〈노틀담의 꼽추〉〈레 미제라블〉 외
프랑스의 낭만파 시인, 소설가 겸 극작가. 낭만주의자들이 '세나클(클럽)'을 이루었
다. 소설에는 불후의 걸작으로 꼽히고 있는 〈노트르담 드 파리〉가 있다. 그가 죽자
국민적인 대시인으로 추앙되어 국장으로 장례가 치러지고 판테온에 묻혔다.

오, 사랑이여

🌸 프란시스 카르코

사랑하는 사람아,
그대는 어느 곳에 있는가.
내 시 속에 말고 또 어디에 있는가.
지금은 겨울, 겨울에 묻어오는
어둡고 기나긴 내 슬픔이여.

바람이 불어올 때마다
아카시아 나뭇가지들이 마구 흔들리는데
그대는 속옷마저 벗은 알몸으로 불가에서
불을 쬐고 있구나.

창문으로 비 들이치는데
타는 장작을 바라보며 나는 휘파람을 불고
유리창 안에 아직 채 일어나지 않은
희뿌연 아침을 기다리고 있다.

프란시스 카르코 (1886~1958)
프랑스 소설가. 시인
시집 〈방랑 생활과 나의 마음〉으로 문단에 등장. 소설은 처녀작 〈거리의 여인 예수〉
이래 환경소설을 썼다. 살인자를 주인공으로 하는 〈몰린 사나이〉로 아카데미 소설 대
상을 탔다. 소설 외에 비용의 생애를 그린 〈비용 이야기〉, 미술평론 〈브라망크〉, 〈위
트릴로〉 등이 있다.

내 사랑아

✳ 윌리엄 버틀러 예이츠

내 사랑, 나의 사랑아
나는 누구보다 더 잘 알고 있지.
무엇이 그대의 가슴을 그토록 뛰게 하는지.
그대의 어머니조차도 나만큼은 모르리.

그 열렬한 생각이
그녀를 부인하고 잊어버렸지만
그녀의 피를 온통 들끓게 하고
그녀의 눈을 반짝이게 할 때
그녀 때문에 내 마음 아프게 했던 게
누구인지를.

윌리엄 버틀러 예이츠 (1865~1939)
아일랜드 시인. 극작가
대표작 〈환상〉〈캐서린 백작부인〉〈비밀의 장미〉 등
1923년에 노벨문학상을 수상하였다. 독자적 신화로 자연(자아)의 세계와 자연 부정
(예술)의 세계의 상극을 극복하려 노력했다. 그는 시초부터 자연보다 우월한 것으로
서의 예술의 세계를 믿어 왔다. 그의 후기의 고투는 이 자연(자아)의 세계와 자연 부
정(예술)의 세계의 상극을 극복하는 고뇌라 해도 무방할 것이다.

그대는 얼음

✽ 스티븐 스펜더

그대가 얼음이면 나는 불
뜨거운 내 사랑에도 그대 얼음 녹지 않네.
어찌 된 까닭일까.
더워지는 내 사랑에
그대 얼음이 더욱 차가워짐은
끓는 듯 뜨거운 내 사랑이
심장마저 얼게 하는 그대 얼음에 식지 않고
더욱더 끓어올라 불길이 더욱 높아짐은
만물을 녹일 불이 얼음을 더욱 얼게 하고
뼈까지 얼리는 아픔
타는 불의 기름 되니
또다시 있으랴 이보다 더 이상한 일
사랑은 무슨 힘이기에 천성마저 바꾸는가.

스티븐 스펜더 (1909~1995)
영국 시인. 평론가
대표작 〈어느 판사의 재판〉 〈전시집〉 외 다수
1930년대에 정치적으로 양심의 가책을 받고 있던 당시 좌파를 표현한 시로 명성을
얻었다. 시극 〈어느 판사의 재판〉(1938)에서는 사회적 양심과 현대 지식인의 내면의
갈등을 표현한 것이다. 1983년 기사작위를 받았다.

사랑의 비밀

※ 이반 투르게네프

꽃망울이 터지는 순간을 기다려 보았는가.
굳게 다문 꽃잎들 눈에 보이지 않게
시나브로 부풀어 오르고 펼쳐져
활짝 만개하는 그 황홀한 순간,
그 순간을 기다려 보았는가.

하지만 우린 번번이 때를 놓친다.
꽃은 제 스스로 피어나는 그 은밀한 순간을
다른 이에게 결코 들키지 않으므로
기다리고 기다리다 잠깐 한눈파는 순간
꽃은 이미 해해대며 피어 있다.

아무도 보지 못할 때만
꽃은 불꽃처럼 찬란히 모습을 드러낸다.
그 누구도 모르는 순간,
그러나 돌아보면 본시 그랬던 것처럼 거기 피어 있으니
그것은 꽃들의 비밀
또한 그대 자그마한 사랑의 비밀.

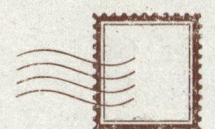

진정으로 사랑한다는 것은

※ 라스커 쉴러

진정으로
사랑한다는 것은

이별을
눈물로써 대신하는 것이
절대로 아닙니다

곁에 있던 사람이
먼 길을 떠나는 순간

사랑의 가능성이
모두 사라져 간다 할지라도
그대 가슴속에 남겨진 그 사랑을 간직하면서
사랑하는 마음을 버리지 않는 것이

진정으로
사랑하는 것입니다

지금 이 순간

※ 피터 맥 윌리엄스

그대에 대한 나의 사랑을
글로는 이루 다 표현할 길이 없다네
적절한 어휘와 구절들을
찾을 길이 없네

나는 분별력을 잃어버렸네
그대를 만난 이후로는
그저 모든 것이 행복에 겨워

사랑하기 때문에 그대를 원하는지, 아니면
그대를 원하기에 사랑하는 것인지
알 길이 없네

다만 내가 알고 있는 것은
그대와 같이 있기를 좋아하고
그대를 생각하면 행복해진다는 것
지금 이 순간 내 사랑은
그대와 함께 있네

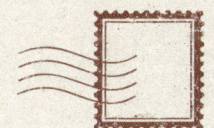

그대와 함께 있다면

※ 로버트 번즈

저 너머 초원에, 저 너머 초원에
찬바람 그대에게 불어온다면
나 그대 감싸 안으리, 나 그대 감싸 안으리
또한 불행의 풍파가
그대에게 몰아친다면, 그대에게 몰아친다면
내 가슴 그대의 안식처 되어
모든 괴로움 함께 하리, 모든 괴로움 함께 하리

어둡고 황량한, 어둡고 황량한
거칠디 거친 황야에 있다 해도
그대 함께 있다면, 그대 함께 있다면
사막도 나에겐 낙원이리
나 또한 이 세상의 군주 되어
그대 함께 다스린다면, 그대 함께 다스린다면
내 왕관보다 빛날 보석은
나의 왕비이리
나의 왕비이리

그대를 사랑하기에

※ 헤르만 헤세

그대를 사랑하기에
나는 그대에게 속삭였지요
그대가 나를 영원히 잊지 못하도록
그대 마음을 따왔지요

그대의 마음은 나와 함께 있으니
좋든 싫든 오로지 내 것이랍니다
설레며 불타오르는 내 사랑
어떤 천사라 해도 그대를 빼앗진 못해요

헤르만 헤세 (1877~1962) 독일 시인. 소설가
대표작 〈수레바퀴 밑에서〉〈유리알 유희〉〈데미안〉 등 다수
단편집·시집·우화집·여행기·평론·수상(隨想)·서한집 등 다수의 간행물을 썼다.
일찍이 오로지 시인이 되리라 결심했던 헤세는 평생 시인의 열정을 간직한 작가이자
꽃과 나비와 자연을 사랑했던 방랑자이기도 했다.

연인에게로 가는 길

※ 헤르만 헤세

새로운 하루가 밝아오고
세상은 이슬에 취하여 반짝인다
금빛으로 그를 싸안아 주는
생생한 빛을 향하여

나는 숲 속을 걸어
빠르게 밝아오는 아침과 발을 맞추어
열심히 걸음을 재촉한다
아침이 나를 아우처럼 동행 시킨다

누런 보리밭에 뜨겁게 드리운 대낮이
쉼 없이 길을 재촉하는
나를 바라보고 있다

저녁이 오면
나는 목적지에 닿으리라
한낮의 뜨거움으로 내 사랑아
너의 가슴에서 타버리리라

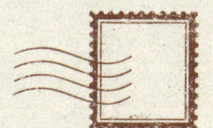

_____

_____

_____

그대는

※ 너대니얼 호손

그대는
이 세상에서
내게 필요했던
유일한 사람입니다.

너대니얼 호손 (1804~1864) 미국 작가
대표작 〈주홍글씨〉
소설가. 청교도적인 모티프를 통해 수많은 단편을 썼다.

당신을 어떻게 사랑하느냐구요?

❋ 엘리자베스 브라우닝

당신을 어떻게 사랑하느냐구요?
한번 헤아려보죠.
비록 그 빛 안 보여도 존재의 꿈과
영원한 영광에 내 영혼 이를 수 있는,
그 도달할 수 있는 곳까지 사랑합니다.

태양 밑에서나, 혹은 촛불 아래에서
하루하루의 얇은 경계까지도 사랑합니다.
권리를 주장하듯 자유롭게 당신을 사랑합니다.

칭찬에 몸 둘 바를 몰라 돌아서듯
순수하게 당신을 사랑합니다.
옛 슬픔에 쏟았던 정열로써 사랑하고
잃은 줄로만 여겼던
사랑의 불로 당신을 사랑합니다.

내 한평생의 숨결과 미소와 눈물로써 당신을 사랑합니다.
신의 부름을 받는다면
죽어서라도 더욱 당신을 사랑하겠습니다.

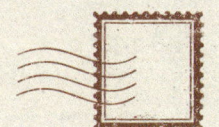

_____

_____

_____

연인들

✳ 옥타비오 파스

풀밭에 누워서
처녀 하나, 청년 하나
밀감을 먹는다
입술을 나눈다
파도와 파도가 거품을 나누듯이

해변에 누워서
처녀 하나, 청년 하나
레몬을 먹는다
입술을 나눈다
구름과 구름이 거품을 나누듯이

땅에 누워서
처녀 하나, 청년 하나
말이 없다
입맞춤을 한다
침묵과 침묵을 나눈다

내 눈을 감겨 주오

🌼 릴케

내 눈을 감겨 주오
그래도 나는 그대 모습을 볼 수 있다오

내 귀를 막아 주오
그래도 나는 그대 목소리를 들을 수 있다오

발이 없어도 그대에게 갈 수 있고
입이 없어도 그대에게 애원할 수 있다오

내 팔을 꺾어 주오
그래도 나는 그대를 안을 수 있다오

손으로 안듯이 심장으로 안을 수 있다오
내 심장을 멎게 해 주오

그래도 나의 피로 그대를 사랑할 수 있다오

그대를 처음 본 순간

※ 칼릴 지브란

그 깊은 떨림
그 벅찬 깨달음
그토록 익숙하고
그토록 가까운 느낌
그대를 처음 본 순간 시작되었습니다

지금까지 그날의 떨림은 생생합니다
오히려 천 배나 더 깊고
천 배나 더 애틋해졌지요
나는 그대를 영원히 사랑하겠습니다

이 육신을 타고나
그대를 만나기 훨씬 전부터
나는 그대를 사랑하고 있었나 봅니다
그대를 처음 본 순간 알아버렸습니다

운명
우리 둘은 이렇게 하나이며
그 무엇도 우리를 갈라놓을 수는 없습니다

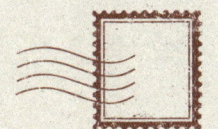

밤에 오세요

※ 라스커 쉴러

밤에 오세요
우리 서로 꼭 껴안고 잠들어요
난 외로운 불면증 환자
이름 모를 새는 새벽에 벌써 울었죠
내 꿈이 꿈과 함께 뒹굴고 있을 때

꽃들은 모든 우물가에서 피어나고
세상은 그대 눈빛으로 물든답니다

밤에 오세요
고운 신 신고 사랑에 감싸여
느지막이 나의 지붕으로
그러면 뿌연 하늘에 달이 떠올라요

우리는 두 마리의 들짐승처럼
세상의 뒤편
갈대밭 속에서 사랑을 나누어요

LOS ANGELES
USA
4 JUL 1944
CALIFORNIA

연인

✳ 폴 엘뤼아르

그녀는 내 눈 속에 있다
그녀의 머리칼은 내 머리칼 속에
그녀는 내 손의 모양을 가졌다
그녀는 내 눈의 빛깔을 가졌다
그녀는 내 그림자 속에 삼켜진다
마치 하늘에 던져진 돌처럼

그녀의 빛나는 눈동자 속에서
나는 잠들지 못한다
환한 대낮에 그녀의 꿈은
태양을 증발시키고
나를 웃기고, 울리고, 웃기고
별 할 말이 없는데도 말하게 한다

폴 엘뤼아르 (1895~1952)
프랑스 시인
대표작 〈대중의 장미〉 〈고통의 수도〉 〈풍요로운 눈〉 외 다수
전후 루이 아라공, 앙드레 브르통 등과 쉬르레알리즘 운동에 중요한 역할을 수행하였
으며 스페인 내전 때 인민 전선에 참가하여 레지스탕스로 활약하였다.

LOS ANGELES
USA
4 JUL 1944
CALIFORNIA

Part 02

이제 당신만 생각할래요

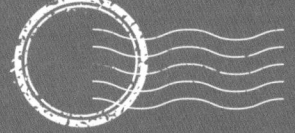

6월이 오면

✹ 버트 브리지스

6월이 오면
그땐 온종일 나는 향긋한 건초 속에서
내 사랑과 함께 앉아
산들 바람 부는 하늘에
흰 구름이 지어놓은
고대광실과 눈부신 궁전들을 바라보겠어요.

그녀는 노래 부르고,
나는 노래 지어주고,
아름다운 시를 온종일 읊겠어요.
남몰래 우리 건초 속에 누워 있을 때
오, 인생은 즐거워라
6월이 오면.

로버트 브리지스 (1844~1940)
영국 계관시인. 수필가
대표작 〈단시집 5권〉〈미의 유언〉
이튼을 거쳐 옥스퍼드에서 배웠다. 의사로 종사하면서 시작에 전념했다. 일상의 감
정을 시로 노래했다. 1913년 계관시인이 되었고, 신시형·신철자법을 고안하여 순수
영어에 관심을 기울였다.

나는 이 모든 아름다운 것을 사랑합니다

※ 로버트 브리지스

나는 모든 아름다운 것을 사랑합니다.
그것을 또한 경배합니다.
신도 그만큼 찬양받을 수 없고
사람은 그 바쁜 일상 속에서도
아름다운 것을 사랑함으로써 존재하지요.

나는 또한 그 무엇인가를 만들고자 합니다.
모든 아름다운 것을 만들어내는 즐거움이여,
비록 그것이 내일이 오면 기억에만 남는
한낱 꿈속의 헛된 말 같을지라도
나는 모든 아름다운 것을 사랑합니다.

우리 둘이는

※ 폴 엘뤼아르

우리 둘이는 서로 손을 맞잡고
어디서나 마음속 깊이 서로를 믿는다

아늑한 나무 아래 어두운 하늘 아래
모든 지붕 아래 난롯가에서
태양이 내리쬐는 빈 거리에서
민중의 망막한 눈동자 속에서
현명한 사람이나 어리석은 사람들 곁에서라도
어린아이들이나 어른들 틈에서라도
사랑은 아무것도 감추지 않고
우리들은 그것의 확실한 증거이다

사랑하는 사람들은 마음속 깊이 서로를 믿는다

감각

A. 랭보

여름의 푸른 저녁이면
나는 오솔길로 갈 거예요
발을 찌르는 잔풀을 밟으며
나는 꿈꾸는 사람이 되어 발치에서 신선한
그 푸름을 느낄 거예요
바람이 내 머리를 흩뜨리도록
내버려둘 거예요

나는 말하지 않을래요
아무 생각도 않을래요
그저 내 영혼 속으로 끝없는 사랑이
솟아오를 거예요
그리고 나는 아주 멀리 떠날 거예요
마치 보헤미안처럼
자연을 따라
마치 어느 여인과 함께하듯이
마냥 행복할 거예요

그대 뺨을 내 뺨에

✳ H.하이네

그대 뺨을 내 뺨에 가져다 대면
우리 둘의 눈물이 함께 흐르지요.
그대 가슴을 내 가슴에 가져다 대면
불꽃이 하나 되어 타오를 것입니다.

흘러나온 눈물이 강물이 되어
타오르는 불꽃 속에 흘러든다면
힘차게 그대 몸을 안아본다면
그리움과 사랑에 나는 죽고 말 것입니다.

선물

※ 기욤 아폴리네르

만약 당신이 원하신다면
난 당신께 드리겠어요
아침을, 나의 밝은 이 아침을
그리고 당신이 좋아하는
나의 빛나는 머리카락과
아름다운 나의 푸른 눈을

만약 당신이 원하신다면
난 당신께 드리겠어요
따사로운 햇살 비추는 곳에서
눈뜨는 아침 들려오는 모든 소리를
근처 분수 속에서 치솟아 흐르는
감미로운 맑은 물소리들을

이윽고 찾아든 석양을
나의 쓸쓸한 마음의 눈물인 저 석양을
또한 조그마한 나의 여린 손과
그리고 당신의 마음 가까이
놔두지 않으면 안 될
나의 마음을

점점 예뻐지는 당신

※ 다카무라 고타로

여자가 액세서리를 하나씩 버리면
왜 이렇게 예뻐지는 것일까

나이로 씻긴 당신의 몸은
끝없는 하늘을 나는 금속

겉모양새도, 남의 눈치도 안 보는
이 깨끗한 한 덩어리의 생명은
살아서 꿈틀대며 거침없이 상승한다

여자가 여자다워진다는 것은
이러한 세월의 수업 때문일까

고요히 서 있는 당신은
진정 신이 빚으신 것 같구나

때때로 속으로 깜짝 놀랄 만큼
점점 예뻐지는 당신

BERLIN
30 NOV
1939
GERMANY

LOS ANGELES
CALIFORNIA
★★★ 02 JULY 2023 ★★★

그대 눈 푸르다

※ 구스타보 A. 베케르

그대 눈 푸르다
수줍은 웃음은
넓은 바다에
새벽 별 비친 듯 하다

그대 눈 푸르다
흘리는 눈물은
제비꽃 위에 앉은
이슬방울 같다

그대 눈 푸르다
반짝이는 지혜는
밤하늘에 떨어지는
유성처럼 화려하다

구스타보 A. 베케르 (1836~1870)
스페인 시인
대표작 〈에스파냐 전설〉〈곡조〉에스파냐의 시인으로 하급 관리·편집자 등의 직업을
전전하다가 요절하였고 사후에야 인정받았다.

사랑의 노래

✳ 수잔 폴리스 슈츠

나의 몸은
사랑의 저녁 노을 속에 타오르는
불덩이입니다
천둥, 번개 그리고 지진도
당신에 대한 나의
열정보다 약합니다

나의 심장은
우리의 사랑을 향한
불덩이입니다
푸른 하늘, 무지개 그리고 꽃들도
당신에 대한 나의
사랑만큼 아름답지 못합니다

낙엽

✳ 예이츠

우리를 사랑하는 긴 잎새 위로
가을은 왔다. 그리고
보릿단 속에 든 생쥐에게도
우리 위에 있는 노원나무 잎새는
노랗게 물들고 이슬 맺힌
야생 딸기도 노랗게 물들었다.

사랑이 시드니 계절이 우리에게 닥쳐와
이제 우리의 슬픈 영혼은 지치고 피곤하다.
우리 헤어지자, 정열의 계절이 우리를
저버리기 전에, 그대의 숙인 이마에
한 번의 입맞춤과 눈물 한 방울을 남기고서.

예이츠 (1865~1639)
아일랜드 시인. 1923년 노벨문학을 수상한 그는 T.S.엘리어트와 함께 20세기의 가장
위대한 시인으로 꼽는다. 여배우인 모드 곤과의 비극적인 사랑은 여러 편의 훌륭한
서정시를 낳게 하였다.

봄날은 가고

✳ 이청조

스러지는 봄날에 자꾸 이는 고향생각
앓는 중에 하는 빗질 긴 머리가 한스럽네
들보 밑에 제비는 하루 종일 지저귀고
장미 지난 실바람에 주렴(珠簾)¹ 안이 향기롭네

주렴¹ : 구슬 따위를 꿰어 만든 발

이청조(1084~1156)
중국 남송 여루 시인. '이안거사집'이 있었으나 없어졌고, 후세 사람이 편집한 '수옥집' 1권이 전해지고 있다.

오월의 달

✳ 막스 다우텐다이

오월의 달이 시내 위에 두둥실
나의 발 아래 곱다랗게 떠 있네.
물결은 제 자리에서 움직이지 않고
밝은 하늘만을 우러러 보네.

시내 건너 맞은 편 바라다보니
다리 너머 노래가 울려오네.
접동새가 웃는 냥 노래하는데
다리는 기쁨과 음향에 넘쳐 흘러라.

나뭇잎 사이에 밤바람이 일어
깊은 생각과 근심은 죽어 넘어지는데,
지나간 시절의 오월의 달이
늙어 가는 머리털 쓰다듬어 주네.

오월의 달 황홀히도 끌어 주었네.
아련히도 노래하는 다리 위에로.
그리하여 접동새 노래하는 동안은
나의 걸음걸이도 젊어만 졌네.

장미

✳ 엘리자베스 랑게서

그대들 알아 듣겠느냐?
나의 기원은 숨이다.
숨은 아무것도 아니다.
그리고 이름도 아무것도 아니다.

깊이 느끼는 것이 있다.
나의 마지막은 향기다.
내 이름의 무덤이 향기를 아주 부드럽게 내어 보낸다.

무덤은 비었다.
오오 새로 숨을 뿜어 넣은 행복
세상은 그리로 쏟아진다.
나는 세상을 들이킨다.

엘리자베스 랑게서 (1899~1950)
독일의 특이한 카톨릭의 여류 작가 시인. 대작시 〈지울 수 없는 인장〉 〈라우프만과
장미〉등이 유명하며 다수의 소설이 전해지고 있다.
사후에 뷔히너상을 수상하였다.

Part 03

추억은 그리움으로 남고

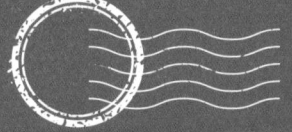

사랑의 종말

✳ 크리스티나 로제티

죽음만큼 강렬했던 사랑이 죽어버렸다.
시드는 꽃 속에
사랑이 누울 자리를 만들자.

머리맡에는 푸른 잔디밭
발 옆에는 돌 하나 놓아
고요한 저녁나절
그곳에 우리 앉도록 하자.

사랑은 봄에 태어나
가을이 되기 전에 죽어버렸다.
마지막 뜨거웠던 여름날
사랑은 떠나갔다.

차가운 잿빛 가을 황혼에
사랑은 머무르려 하지 않았다.
우리 사랑의 부넘가에 앉아
가버린 사랑을 노래하자.

연인의 바위

※ 롱펠로우

결코 죽을 수 없는 사랑이 있다.
어떤 사람들은 부서진 가슴으로
각자 운명을 맞이하고

마치 별들이 뜨고 불타고 지는 것처럼
그 사람들도 떠나가 버렸다.

부드럽고 젊고 찬란하고 짧았던
봄에 떨어진 잎새 속에 세월을 묻은 채

결코 죽을 수 없는 사랑이 있다.
아, 그 사랑은 무덤 너머로 이어진다
수많은 한숨으로 삶이 꺼지고

대지가 준 것을 대지가 다시 거둘 때
그 사랑의 빛은 싸늘한 바람이 불어도
깨닫지 못한 사람들의 집을 비춘다.

POST OFFICE
14 FEB
1945
POST OFFICE

사랑의 슬픔

🌟 칼릴 무트란

사랑의 순결한 슬픔이여,
온통 사로잡힌 마음이여,

그 고통은 불같으나 달콤하고
그 슬픔은 평온 속에 냉정하니
한 때의 상처는 서글프나
내 그것을 계속 간직하려 하네.

내 영혼 치유되었건만

칼릴 무트란 (1872~1949)
이집트에서 활동한 레바논 시인대표작 〈저녁〉〈네로〉 등
아랍 최초의 낭만주의 시인이다. 시인 자신의 솔직한 감정 표현을 중요시하였고 독재
와 불평등을 공격하고 당대의 자유사상과 민족적 자유를 옹호하였다.

이별

괴테

입으로 차마 이별의 인사를 못해
눈물 어린 눈짓으로 떠난다.
북받쳐 오르는 이별의 서러움
그래도 사내라고 뽐냈지만

그대 사랑의 선물마저
이제 나의 서러움일 뿐
차갑기만 한 그대 입맞춤
이제 내미는 힘없는 그대의 손

살며시 훔친 그대의 입술
아, 지난날은 얼마나 황홀했던가.
들에 핀 제비꽃을 따면서
우리는 얼마나 즐거웠던가.
하지만 이제는 그대를 위해
꽃다발도 장미꽃도 꺾을 수 없어
봄은 왔건만
내게는 가을인 듯 쓸쓸하기만 하다.

절 동정하지 말아요

※ 에드나 밀레이

서산 너머 해 지고 빛이 사라졌다고
절 동정하지 말아요.
한 해가 저물어서 싱그럽던 들과 숲이 시들었다고
절 동정하지 말아요.
달 기울고 썰물이 밀려간다고
절 동정하지 말아요.
또 남자의 정열이 그렇게도 빨리 식어
당신의 시선에서 정이 사라졌다고

이럴 줄 알았어요, 사랑이란 못 믿을 것.
바람에 흩날리는 꽃잎과 같고
사나운 비바람이 물러간 다음
난파선의 잔해를 밀고 오는 파도와도 같음을
오히려 동정을 하시려면 뻔한 것도 몰라보는
미련한 내 마음을 가엾게 여기소서.

에드나 밀레이 (1892~1950)
미국 시인, 극작가
대표작 〈재생 기타〉 〈한밤중의 대화〉 등 다수
소네트를 가장 잘 쓴 순수한 서정시인이었지만, 1930년대 이후는 정치·사회 문제에도
관심을 보이게 되었다. 한편, 프로빈스타운 극단을 위하여 배우로서 무대에도 섰다.

POST OFFICE
14 FEB,
1945
POST OFFICE

비파행

🌸 백거이

심양강둑의 밤에 길벗을 보내는데
가을 단풍과 억새도 살랑거리고
말에서 내린 주인과 배에 길벗이 술잔을 들었건만
관현악이 없구나
취흥도 일지 않는데 이별만 서럽고
헤어질 망망한 강에는 달빛도 잠겼네
홀연히 물 위로 들린 비파소리에
주인도 못 돌아서고 길벗도 뜨지 못하네

백거이 (772~846)
중국 당나라 시인이자 정치가.
현존하는 문집 71권 작품은 총 3800여수에 이르는데 그중에서 특히 〈장한가〉 〈비파
행〉 〈신악부 50수〉 등이 유명하다.

그날이 와도

✳ H. 하이네

그리운 이여
그대가 캄캄한 무덤 속에 누워 있다면
나도 무덤으로 내려가
그대 곁에 누우리

그대에게 입 맞추고 껴안으리
아무 말 없는, 싸늘한 그대
환희에 몸을 떨며 기쁨의 눈물 적시리
이 몸도 함께 주검이 되리

한밤에 일으킨 많은 주검들
뽀얗게 무리지어 춤을 추누나
우리 둘은 무덤 속에 남아
서로 껴안고 가만히 누워 있으리

고통 속으로, 기쁨 속으로
심판의 날 다가와 주검을 몰아친다 해도
우리는 아랑곳없이
서로 안고 무덤 속에 누워 있으리

마음의 교환

※ 사무엘 테일러 콜리지

나는 내 사랑과 마음을 바꾸었다.
내 품에 그녀를 안았으나
왜 그런지 나는
포플러 나뭇잎처럼 와들와들 떨었다.
그녀는 아버지의 승낙을 받으라고 했다.
그녀의 아버지를 만나며 나는 갈대처럼 떨었다.
의젓이 행동하려 했지만 그러지 못했다.
우리는 이미 마음을 나눈 사이인데도

사무엘 테일러 콜리지(1772~1834)
영국 시인. 평론가
대표작 〈실의의 노래〉 〈쿠빌라이 칸〉 〈크리스타벨〉 등 다수
시적 창작력이 감퇴되어 그 괴로움을 노래한 〈실의의 노래〉가 최후의 수작(秀作)이
되었다. 대표적 평론 〈문학평전〉은 강연, 담화, 수첩 등의 형식으로 셰익스피어론을
비롯한 많은 평론으로 평론 사상의 거장의 위치를 확립했다.

비 오는 날

※ 롱펠로우

날은 춥고 어둡고 쓸쓸도 하다
비 내리고 바람은 쉬지 않고
넝쿨은 아직 무너져 가는 벽에
떨어지지 않으려고 붙어 있건만
모진 바람 불 때마다 죽은 잎새 떨어지며
날은 어둡고 쓸쓸도 하다
내 인생 춥고 어둡고 쓸쓸도 하다
비 내리고 바람은 쉬지도 않는구나
나는 아직 무너지는 옛날을
놓지 아니하려고 부둥켜안건만
질풍 속에서 청춘의 희망은 우수수 떨어지고
날은 어둡고 쓸쓸도 하다
조용하라, 슬픈 마음들이여!
한탄일랑 말지어다
구름 뒤에 태양은 아직 비치고
그대 운명은 뭇 사람의 운명이려니
누구에게나 반드시 얼마간의 비는 내리고
어둡고 쓸쓸한 날 있는 법이니.

사랑이라는
달콤하고 위험천만한 얼굴

✳ 자크 프레베르

사랑이라는 달콤하고
위험천만한 얼굴이 무척이나
오랜 세월이 흐른 후
어느 날 저녁 내게 나타났지
그것은 활을 가진 궁사였을까?
아니면 하프를 안은 악사였을까?
난 더 이상 모르네
아무것도 모른다네
내가 알고 있는 거라곤
그이가 내 맘에 상처를 입혔다는 것뿐
화살이었을까?
노래였을까?
내가 알고 있는 거라곤
그가 내 가슴에 상처를 심었다는 것뿐
영원히 뜨겁게 타오르는
너무도 뜨겁게 불타오르는
사랑의 상처

이별

　❋ 랜더

다툴 필요가 없기에 싸움 없이 살았다
자연을 사랑했고, 또 예술을 사랑했다
두 손을 생명의 불앞에 쪼였으나
불은 꺼져가고 이제 미련 없이 나 떠나련다

랜더 (1775~1864)
영국 시인. 작가
대표작은 〈로즈 에일머〉〈가상대화집 5권〉 등 다수
에스파냐에서 의용병으로 싸우고 그 뒤로도 프랑스, 이탈리아 등지로 삶터를 옮겨가
며 살았다. 고전과 낭만을 좋아하는 시인으로 알려져 있다.

구월

❋ 헤르만 헤세

뜰이 슬퍼합니다
차디찬 빗방울이 꽃 속에 떨어집니다
여름이 그의 마지막을 향해서
조용히 몸서리칩니다

단풍진 나뭇잎이 뚝뚝 떨어집니다
높은 아카시아나무에서 떨어집니다
여름은 놀라 피곤하게
죽어가는 뜰의 꿈속에서 미소를 띕니다

오랫동안 장미 곁에서 발을 멈추고
아직 여름은 휴식을 그리워할 것입니다
천천히 큼직한
피로의 눈을 감습니다

POST OFFICE
14 FEB,
1945
POST OFFICE

잊은 것은 아니건만

✳ 사포

높은 나뭇가지에 매달려
가지 끝에 매달려 있어
과일 따는 이 잊고 간
아니,
잊고 간 것은 아니건만
따기 어려워 남겨놓은
새빨간 사과처럼
그대는
홀로 남겨져 있네

달밤

❊ 아이헨도르프

하늘이 조용히
대지와 입 맞추니
피어나는 꽃잎 속의 대지가
이제 하늘의 꿈을 꾸는 것 같았다

바람은 들판을 가로질러 불고
이삭들은 부드럽게 물결치고
숲은 나직하게 출렁거리고
밤하늘엔 별이 가득했다

곧이어 내 영혼은
넓게 날개를 펼치고
집으로 날아가듯
조용한 시골 들녘으로 날아갔다

아이헨도르프 (1788~1857)
독일 시인, 소설가
대표작 〈대리석 조상의 이야기〉〈시 Gedichte〉〈어느 건달의 생활〉 등
매혹적 필치로 자연을 그린 시인이다. 독일의 숲에서 영감을 얻어 골짜기를 거니는
사람의 기쁨, 자연이 부르는 소리, 숲의 신들의 말 등, 주옥과 같이 영롱한 리듬으로
읊었으며, 민요조의 시는 널리 애창되고 있다.

그대 없이는

※ 헤르만 헤세

나의 베개는 밤에 나를 묘석과 같이 허무하게 쳐다봅니다
홀로 있는 것이 그대의 팔을 베개 삼지 못하는 것이
이렇게도 쓰라린 것이라고는 생각지 않았습니다
나는 고요한 집 속에 단지 홀로
매달린 램프를 끄고 엎드려 그대의 손을 잡으려고
살며시 두 손을 뻗습니다
그리고 뜨거운 키스를 합니다
갑자기 내가 눈을 뜨면
주위는 말없는 차디찬 밤
유리창에 별이 반짝반짝 비칩니다
오, 그대의 금발은 어디에 있는가?
그대의 달콤한 입은 어디에 있는가?
이제 나는 어떠한 기쁨 속에도 슬픔을
어떠한 포도주 속에도 독을 마십니다
그대 없이 홀로 있는 것
이렇게 쓰라리다는 것을 미처 몰랐습니다

마리아의 노래

※ 노발리스

아름다이 그려진 천 개의 그림 속에서
나는 그대 모습 보느니, 나의 마리아여
하지만 어느 그림 속에서도
내 혼에 비친 그대 모습 볼 길 없어라

세상의 물결은 한낱 꿈결처럼
나로부터 멀리 사라져 버리고
말 못할 하늘 위의 크나큰 즐거움은
내 혼에 깊이 자리하고 있음을 알 뿐이라

노발리스 (1772~1801)
독일 낭만주의 시인, 이론가
대표작 〈밤의 찬가〉〈꽃가루〉〈하인리히 폰 오프터딩겐〉 등 다수
독일 낭만파 시인. 피히테의 영향을 받았으며 슐레겔 형제나 셸링과 친교를 맺었다.
인간 영혼의 깊숙한 곳에 자리 잡고 있는 무한한 것이 참된 자아이자 세계의 본질이
며, 이 비밀을 파악하는 것이 시이고 이것에 의해 창조되는 세계야말로 보다 높은 실
재라는 '마술적 관념론'을 내세웠다.

이별

✳ 아흐마또바

저녁때의 비스듬한 길이
내 앞에 펼쳐져 있다
어제까지만 해도
사랑어린 목소리로
"잊지 말아요"
속삭이던 사람

오늘은 벌써 불어 대는 바람뿐
목동의 소리와
해맑은 샘가의
훤칠한 잣나무뿐

아흐마또바 (1889~1966)
러시아 여류시인
대표작 〈저녁〉 〈염주〉 〈하얀 새떼〉 외 다수
세 번의 결혼과 세 번의 사별, 사랑하는 아들의 투옥, 출판 금지령 등 아픔을 서정시
와 서사시에 담았다.

송인(送人)

※ 정지상

비 갠 긴 둑에 풀빛이 진한데
남포에 임 보내니 노랫가락 구슬퍼라
대동강 물은 어느 때나 마를 건가
해마다 푸른 물결 위에 이별의 눈물만 더하네

정지상 (?~1135)
고려 중기 문신으로 고려시대를 대표하는 시인이나, 정치적 견해차이로 김부식이 이
끄는 토벌군에게 참살을 당하였다.
그의 작품들은 고려 뿐 아니라 중국 사신들도 극찬을 하였으며 이인로의 〈파한집〉과
조선시대의 〈동문선〉〈동경잡기〉, 김만중의 〈서포만필〉등에 의해 전해지고 있다.

추억

✳ 바이런

아, 모든 것은 끝났노라.
꿈이 보여준 그대로
미래는 희망의 빛이 사라져버리고
내 행복의 나날은 끝났다.

불행의 찬바람에 얼어붙어서
내 삶의 동트는 새벽은 구름에 가렸구나
사랑, 희망 그리고 기쁨이여 안녕히!
나 이제 또 하나 더 잊을 수 없을까
그 추억마저도!

바이런(1788~1824)
영국의 낭만파 시인들 가운데 가장 왕성한 창작력을 지니고 있었다. "깨어보니 하룻
밤 사이에 유명해진 자신을 발견했다"고 스스로 말할 만큼 대단한 호응을 얻었던 작
품 '차일드 헤럴드의 순례' 외에 '만프레드', '돈 주앙' 등이 있다.

야행

※ 아우구스트 슈트람

흐느적거리는 밤을 헤치고
발길 잠잠히 앞을 더듬고
경련하는 공포에 쌓여 손들 놀래며 불안하다.

어둠은 또렷이 그림자 속에 머리를 드러내고
그림자 속에
우리를

중천에는 별들이 반짝이고
버드나무 위로 높이 걸려
또한
땅은 발돋움하여
잠자는 땅 벌거벗은 하늘을 안는다.

그대는 보고 떨며
입술은 타올라
하늘은 입 맞춘다.
그리고
우리에게도 입맞춤을 선물로 준다.

우리가 거니는 이 언덕엔

※ 슈테판 게오르게

우리가 거니는 이 언덕엔 그늘이 짙었지만,
건너 쪽 언덕배기는 아직도 밝았다.
푸르러 보드라운 풀방석 위에 떠 있는 달
흰 구름, 조각구름, 떠 있는 듯싶어라.

멀리서부터 어른거려 길은 어두워지고,
어디선가 아련한 속삭임 걸음을 막아,
산에서 흐르는 보이지 않는 물줄기냐?
자장가를 부르는 참새 소리냐?

철 이른 검은 나비
얽히고 얽혀, 풀에서 풀로 산들거리고
언덕은 숲이며 꽃에 덮여,
저녁 내음으로, 짓눌린 괴로움을 어루만진다.

슈테판 게오르게 (1868~1933)
현대 독일시의 원천을 만든 독일의 서정시인.
대표작으로는 〈삶의 융단〉 〈동맹의 별〉 〈새 나라〉 등 다수가 전해지고 있다.

Part 04

언젠가 우리 다시 만나면

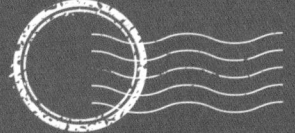

극언(極言)

✽ 에른스트 베르트람

너는 존재할 수 없다.

너는 자멸할 수 있다

너는 가만히 있을 수 없다

세계는 어디든지 방황한다

너는 모을 수 없다

모든 금이 납이 된다

그리고 붙잡을 수 없다

모두 휙휙 달아난다

너는 알 수 없다

기만(欺瞞)이 되었던 때문이다

너는 다만 사랑할 수 있다

사랑으로 충분하다

에른스트 베르트람 (1884~1957)
독일의 시인. 문학사가. 게오르게파(派)에 속했으며 특히 격언시에 뛰어났다.
주요 작품으로는 〈니체-한 신화의 시도〉〈독일의 운명에 대하여〉 등이 있다.

어머님에게

✳ 조지 바커

가장 가깝고, 가장 사랑하면서도 가장 먼 것,
그 창 아래 내 흔히 보았거니
어머님 아시아처럼 거대하게 앉으셔서, 껄껄 웃으시며
아일랜드에서 자라신 손에 술잔과 닭고기를 잡으시고
라블레¹ 만큼이나 호탕하시더니, 허나 가까이 있는
절름발이 개나 다친 새에겐 마음 아파하시더니
어머님은, 누구나 따르며 악대를 따라가는
작은 강아지처럼 따를 수 밖에 없는 하나의 행렬

어머님은 폭격기를 쳐다보시거나 움츠리시며
술잔을 놓으시고 지하실로 걸어가시지는 않으시련만
마호가니 탁자에 믿음만이 움직일 수 있는
산처럼 앉아 계시려니, 내 정성과 애정을 다해 아뢰오니
부디 슬퍼 마시고 아침을 맞으시기를

라블레¹ : 16세기 프랑스 작가로 그의 저서 〈가르강튀아〉는 호탕한 거인왕의 이야기를 쓴 것.

조지 바커 (1913~1991)
영국. 오든 일파의 정치적 경향에 반발한 1940년대의 대표적 시인.
대표작으로 〈애석과 승리〉 〈에로스과 도그마〉 〈조지 바커의 진실한 고백〉 등이 있다.

길

✳ 윤동주

잃어버렸습니다
무얼 어디다 잃어버렸는지 몰라
두 손이 주머니를 더듬어
길에 나아갑니다

돌과 돌과 돌이 끝없이 연달아
길은 돌담을 끼고 갑니다

담은 쇠문을 굳게 닫아
길 위에 긴 그림자를 드리우고

길은 아침에서 저녁으로
저녁에서 아침으로 통했습니다

돌담을 더듬어 눈물짓다
쳐다보면 하늘은 부끄럽게 푸릅니다

풀 한 포기 없는 이 길을 걷는 것은
담 저 쪽에 내가 남아 있는 까닭이고
내가 사는 것은 다만
잃은 것을 찾는 까닭입니다

흐르는 물에

✳ 카를루스

내 연인은 내게 말했었지.
"나는 당신 이외에 그 누구와도
함께 살 생각은 전혀 없답니다.
비록 전능하신 유피테르¹ 신이 원하신다 해도."
이렇게 내게 말했었지.
그러나, 가슴 설레는 사나이의 귀에
여자가 속삭이는 말이라는 것은
하늘에 부는 바람이든가 급히 흐르는 물에다가
써두는 것이나 마찬가지 노릇이지.

유피테르¹ : 로마 신화 최고의 신으로, 영어로는 Jupiter(주피터)라고 한다.

카를루스(B.C. 84~54년경)
로마의 서정시인. 그리스 서정시의 운율을 라틴 시에 도입했으며, 특히 알렉산드리아
파의 영향을 강하게 받았다. 연인 레스비아를 위해 지은 서정시로 인해 그는 로마 최
대의 서정시인이 되었다.

귀거래사

❋ 도연명

돌아가리라
전원이 황폐해지려는데 어찌 아니 돌아가리
이미 스스로 마음이 형역(形役)되었거늘
어찌 근심하고 한탄만 하랴
지난 일 탓하지 말 것을 깨달았고
다가올 일 이룰 수 있음을 알았으며
실로 길 잃고 헤맨 지 오래지 않아
지금이 옳고 지난 날이 그름을 알겠다.

배가 흔들흔들 가벼이 나아가고
표표히 부는 바람 옷자락 날리네
나그네에게 남은 길 물어보며
새벽빛 희미함을 원망한다
마침내 나의 오두막집 바라보고
기뻐 달려간다.
어린 종은 기쁘게 맞이하고, 어린애는 문 뒤에 서 있네.

사람에게 묻는다

＊ 휴틴

땅에게 묻는다
땅은 땅과 어떻게 사는가?
땅이 대답한다
우리는 서로 존경하지

물에게 묻는다
물과 물은 어떻게 사는가?
물이 대답한다
우리는 서로 채워주지

사람에게 묻는다
사람은 사람과 어떻게 사는가?
스스로 한번 대답해 보라

휴틴
베트남 시인.
대표작 〈시간의 나무〉
월남전에 참전하였고, 이념 차이로 서로를 죽이는 전쟁을 치른 경험을 시에 반영했다

깃발을 꺼내라

※ 에드거 A. 게스트

깃발을 꺼내라 그대가 인류를 위해
몸 바치는 것을 모든 이가 다 보도록
깃발을 꺼내라 그리고 흔들어라
지나는 모든 이가 기쁨에 들뜨도록

옆길로 비켜선 사람들
이전의 자부심을 잃은 사람들
모두 다 그 깃발 보고, 그리고
다시 힘내어 정진할 수 있도록

에드거 A. 게스트 (1881~1959)
영국태생 미국 시인.
1891년 미국으로 이주한 그는 1902년 미국에 귀화를 하였으며 기자생활을 하다가
시를 쓰기 시작하였다. 1만1천여편의 시를 남긴 그는 현실을 사실적으로 표현하는
작가로 '국민시인'이라 칭송을 받았다.

높은 곳을 향하여

❋ 로버트 브라우닝

위대한 사람이 단번에 그와 같이
높은 곳에 뛰어 오른 것은 아니다

동료들이 단잠을 잘 때
그는 깨어서 일에 몰두했던 것이다

인생의 묘미는 자고 쉬는 데 있는 것이 아니라
한 걸음 한 걸음 앞으로 나아가는 데 있다

무덤에 들어가면 얼마든지 자고 쉴 수 있다
자고 쉬는 것은 그 때 가서 실컷 하도록 하자

살아 있는 동안은 생명체답게 열심히 활동하자
잠을 줄이고 한걸음이라도 더 빨리 더 많이 내딛자

높은 곳을 향하여
위대한 곳을 향하여

진실하라

❋ 톨스토이

어떤 일에서든 진실하라
진실한 것이 더 손쉬운 것이다
어떤 일이든
거짓으로 해결하는 것보다는
진실에 의해서 해결하는 편이
보다 신속하게 처리된다

남에게 하는 거짓말은
문제를 혼란시키고
해결을 더욱 어렵게 할 뿐이다
그러나 그것보다 더 나쁜 것은
겉으로는 진실한 체하며
자기 자신에게 거짓말을 하는 것이다

그것은 결국
그 사람의 인생을 망치게 할 것이다

내 나이 스물하고 하나였을 때

❋ 알프레드 E. 하우스먼

내 나이 스물하고 하나였을 때,
어떤 현명한 사람이 내게 말했지요.
'돈을 주어도 네 마음은 주지 말거라'
하지만 내 나이 스물하고도 하나였으니
전혀 소용없는 말.

내 나이 스물하고 하나였을 때,
어떤 현명한 사람이 내게 말했지요.
'마음속의 사랑은
결코 거저 주어지는 게 아니다.
그것은 숱한 한숨과
끝없는 슬픔의 대가(代價)란다'

지금 내 나이는 스물하고 둘
아, 그것은 정말 진리입니다.

에필로그

익숙해졌단 핑계로 자신도 모르게
소중한 사람에게 소홀하진 않았는지
돌아보는 시간을 갖기 바랍니다

다시 쓰는 그리움의 기록
기억의 자리를 글로 남기는 한 권의 노트

초판 1쇄 인쇄 ┃ 2026년 1월 2일
초판 1쇄 발행 ┃ 2026년 1월 23일

엮은이 ┃ 문영
펴낸이 ┃ 이원실
펴낸곳 ┃ 나래북 · 예림북
등록 ┃ 제2025-000117호
주소 ┃ 경기 파주시 헤이리로 372
전화 ┃ 031-948-6147 팩스 ┃ 031-948-6148
이메일 ┃ naraeyearimb@naver.com

ISBN ┃ 979-11-994383-2-3 (03800)

나래북 · 예림북에서는 여러분의 원고와 기획을 기다립니다.